Les éditions la courte échelle inc.

Marie-Francine Hébert

Depuis une vingtaine d'années, Marie-Francine Hébert a une grande passion: l'écriture pour les jeunes. Au théâtre, à la télévision ou dans ses livres, elle raconte avec délices des aventures palpitantes, des histoires à dormir debout ou des petits drames de la vie.

Son travail lui a déjà valu de nombreuses récompenses. Pour ses livres-jeux *Venir au monde* et *Vive mon corps!*, les bibliothécaires lui ont décerné le prix Alvine-Bélisle. Elle a également reçu le prix des Clubs de la Livromagie 1990 pour *Un monstre dans les céréales* de la série Méli Mélo. Avec *Je t'aime, je te hais* et *Sauve qui peut l'amour*, publiés dans la collection Roman+, elle a gagné le prix des clubs de la Livromanie 1992 et 1993.

Certains de ses albums et romans ont été traduits dans plusieurs langues comme l'italien, le grec, l'anglais, le polonais et le chinois, et on retrouve le best-seller *Venir au monde* en cédérom. Quant à sa pièce de théâtre *Oui ou non*, écrite il y a plus de dix ans, elle est encore jouée au Québec et en Europe.

Marie-Francine Hébert écrit pour les lecteurs de 2 à 16 ans, dans chacune des collections de la courte échelle.

Philippe Germain

À dix ans, Philippe Germain adorait sculpter, peindre et étendre de la couleur. Il fait maintenant, entre autres choses, des illustrations de manuels scolaires et de livres pour les jeunes. Dans un style efficace et dynamique, il pose sur la réalité un regard coloré, spontané et plein d'humour. Quand il ne dessine pas, il prend un plaisir fou à récupérer, à démonter et à retaper les juke-box et autres objets des années cinquante qu'il collectionne. À la courte échelle, Philippe Germain est l'illustrateur de la série Méli Mélo de Marie-Francine Hébert.

Les éditions de la courte échelle inc.
5243, boul. Saint-Laurent
Montréal (Québec) H2T 1S4

Conception graphique de la couverture:
Elastik

Conception graphique de l'intérieur:
Derome design inc.

Dépôt légal, 1er trimestre 2001
Bibliothèque nationale du Québec

Révision des textes:
Odette Lord

La courte échelle bénéficie de l'aide du ministère du Patrimoine
canadien dans le cadre de son Programme d'aide au développement
de l'industrie de l'édition. La courte échelle est aussi inscrite au
programme de subvention globale du Conseil des Arts du Canada
et reçoit l'appui du gouvernement du Québec par l'intermédiaire
de la SODEC.

La courte échelle bénéficie également du Programme de crédit d'impôt
pour l'édition de livres – Gestion SODEC – du gouvernement du
Québec.

Données de catalogage avant publication (Canada)

Hébert, Marie-Francine

  Une sorcière dans la soupe

  Éd. originale: 1990.
  Publ. à l'origine dans la coll.: Premier roman

  ISBN 2-89021-478-8

  I. Germain, Philippe. II. Titre. III. Collection.

PS856.E2S67 2001   jC843'.54   C00-942071-1
PS956.E2S67 2001
PZ23.H42So 2001

Marie-Francine Hébert

Une sorcière dans la soupe

Illustrations
de Philippe Germain

1
Le chat noir

C'est une des dernières belles journées de l'automne. Il fait presque aussi chaud qu'en été.

Pour nous faire accroire que l'hiver va passer tout droit, peut-être!? En tout cas!

Je suis au parc, assise au pied d'un arbre, en train de lire *Une sorcière dans la soupe.*

C'est une histoire à faire dresser les cheveux sur la tête. Et si ça continue, je vais me ronger les ongles jusqu'au coude.

Je me dis: «Arrête de lire si tu as si peur, Méli Mélo.» Mais je ne peux pas m'empêcher de

continuer.

C'est l'histoire d'une petite fille d'à peu près mon âge. Elle lit bien tranquillement au parc.

Comme moi!

Mais elle est tellement prise par son livre qu'elle n'a pas vu le temps changer.

De gros nuages noirs recouvrent maintenant le ciel. Et il fait de plus en plus sombre.

Le parc s'est vidé peu à peu. Autour d'elle, il ne reste que des squelettes d'arbres. Leurs dernières feuilles viennent de tomber raides mortes à leurs pieds.

On entend juste les soupirs et les plaintes du vent qui se lève. Ça ressemble à une musique apeurante dans un film d'horreur.

J'ai le pressentiment qu'un malheur se prépare.

Surtout que, depuis quelques instants, un chat noir rôde autour de la petite fille.

Je n'ai rien contre les chats noirs. Au contraire. Ce sont mes préférés. Mais celui-là appartient à une sorcière...

C'est alors que je crois entendre le miaulement d'un chat.

Je pense aussitôt que je l'ai imaginé. Ce ne serait pas étonnant avec le livre que je suis en train de lire. J'en entends bientôt un deuxième. Très clairement, cette fois.

J'aperçois finalement le chat en question. À deux pas de moi! Et, crois-le ou non, son poil est noir du bout des oreilles à l'extrémité de la queue.

Tu parles d'une coïncidence! En tout cas! J'essaie de chasser la bête noire avec de grands gestes des bras:

— Psitt! va-t'en, chat de malheur!

L'animal ne porte pas la moindre attention à ce que je peux dire ou faire.

Il reste assis bien droit dans le cercle de sa queue. Semblable au bas de la cape, de la cape d'un prince, du prince des chats. Noirs. En tout cas!

Il vaut mieux me sauver avant que la sorcière arrive!

Quelle idée?! Les sorcières n'existent pas dans la vraie vie! Surtout pas avec un nez bossu, un menton fourchu et de grands souliers pointus?! Comme dans mon livre.

Et ça prend plus qu'un petit minou pour me faire peur.

Je me baisse et j'essaie d'attirer le chat à moi:

— Minou! Minou! Viens mon beau petit minou...

Le félin ne me regarde même pas. Il a l'air d'attendre quelqu'un.

Tout à coup, il tourne légèrement les oreilles vers l'arrière. J'arrête de respirer. Ou presque... car tu sais ce qui vient de se poser derrière le chat?

Une paire de grands pieds
chaussés de vieilles bottines
noires aux bouts retroussés.

2
Et si c'était vrai...?

Je reste accroupie, figée sur place. Pas trop pressée de découvrir la... la personne qui se trouve dans ces souliers-là.

Tout ce que je vois, c'est une partie de son corps très maigre. On dirait un manche à balai entortillé dans un paquet de guenilles.

À son bras pend un vieux sac à main.

Elle sort soudain de sa poche une main aux longs ongles crochus. Maman!

J'écarte vivement la tête pour éviter qu'elle me griffe. Mais

c'est pour flatter le chat. Ouf!

Elle me dit alors d'une voix de vieux disque égratigné:

— Hé ma belle, tu veux jouer avec ma chauve-souris, mon araignée, mon crapaud, ma couleuvre, mon rat chéri, mon petit crocodile adoré?!

J'aime les animaux d'habitude, mais pas ceux-là!

— Vous avez ces bibites-là dans votre sac?! Ouache...

Elle éclate de rire. Si on peut appeler ça rire.

J'ai plutôt l'impression d'entendre le bruit de l'ancienne corde à linge de ma grand-mère. Et ça me fait grincer des dents.

Je lève finalement les yeux vers son visage. Et ce que je découvre est pire encore. Car en parlant de dents, il lui en manque justement quelques-unes en avant.

Ses yeux ressemblent à des boutonnières. Avec un gros bouton noir au milieu. Un autre bouton couleur chair, celui-là, est planté sur son nez. Nez qui a la forme longue et raboteuse d'une vieille carotte.

Elle a le menton fourchu et les oreilles en portes de grange. Et ses cheveux sont aussi raides que de la paille de balai... de sorcière.

Comme si ce n'était pas assez, elle porte un grand chapeau pointu tout cabossé sur le dessus de la tête.

Je n'ai jamais vu une personne aussi laide de toute ma vie. Beurk! Et je prends peur:

— Maman!

Elle essaie aussitôt de cacher son visage derrière le bord de son chapeau.

— Ne crains rien, ma belle...

Je veux qu'elle s'en aille. Mais elle fait un pas vers moi. Et je ne peux pas m'empêcher de lancer un cri de mort:

— Au secours!!!

Deux grandes personnes passant par là s'arrêtent et s'en prennent à la dame:

— Laissez-la tranquille. Vous ne voyez pas que vous lui faites peur?! Vous devriez avoir honte!!

La dame reste l'air bête. Ça fait plisser davantage sa peau de vieille pomme. Ce qui la rend plus laide encore.

Puis elle baisse la tête derrière son grand chapeau.

Les passants remplis de mépris insistent:

— Allez-vous-en ou nous appelons la police! Espèce de guenilleuse!

La dame se sauve en courant.

Je trouve les adultes un peu

durs avec elle. Mais je suis tellement soulagée qu'elle soit
partie.

— Tu devrais rentrer, toi aus-
si, petite. Tu vas attraper froid.
Et ils continuent leur chemin.
Je réalise que le temps s'est

rafraîchi. Le ciel est maintenant couvert. Et je frissonne.

Heureusement que maman m'a obligée à apporter un gros chandail au cas où.

Au moment de partir, j'aperçois le chat noir. Il n'a pas bougé d'un poil. Et il me regarde fixement?!

Étrange...

Un chat ne fixe jamais quelqu'un. Sauf quand il chasse et qu'il a l'oeil sur une souris ou un oiseau...

Ou une petite fille comme dans mon livre?!

J'essaie de détourner la tête...

Trop tard! Je n'arrive plus à détacher mes yeux des siens. Et lorsqu'il décide de s'en aller, je ne peux pas m'empêcher de le suivre.

3
La rue Perdue

Qu'est-ce qui me prend?! Suivre un chat, franchement...

L'animal tourne la tête pour s'assurer que je suis toujours là. Il devine mes pensées ou quoi?

Je n'ai jamais vu un chat à l'air aussi intelligent!

Et si c'était pour m'attirer dans un piège? Un piège tendu par une sorcière... Qui ne serait nulle autre que la vieille dame...?

Voyons donc, les sorcières existent seulement dans les histoires. Et le chat noir et la vieille dame ne se connaissent peut-être même pas!

Je finis par me retrouver au coin d'une rue. La rue... Perdue!? Tu parles d'un nom.

Je n'avais jamais remarqué cette rue-là. Et pourtant, je passe ici très souvent. En tout cas!

Le chat noir s'y engage d'un pas assuré. Moi, j'hésite...

De chaque côté de la rue, il n'y a que des squelettes d'arbres tendant vers le ciel leurs bras tordus. Et tout au bout, une vieille maison qui a l'air hantée. Brrr!

Je décide finalement de suivre le chat. Il sera toujours temps de rebrousser chemin. Mais je t'avoue que je ne me sens pas très brave.

Juste d'entendre les critch! critch! des feuilles sous mes pas me fait sursauter. Comme si elles étaient vivantes et pouvaient lâcher des petits cris de douleur.

Sans parler du vent froid et humide qui me pénètre jusqu'aux os.

Mais quelque chose de plus fort que moi me pousse à continuer.

Et si j'étais ensorcelée?! Je ne le suis pas, c'est sûr. Si je l'étais, je le saurais. Il me semble.

Me voilà bientôt devant la maison. Elle paraît inhabitée. Tout tombe en ruine. De vieux bardeaux claquent sur le toit. Et les volets sont fermés.

Le chat se dirige immédiatement vers la porte d'une espèce de remise accolée à l'arrière de la maison.

Pas moyen de voir quoi que ce soit par la fenêtre. Elle est bouchée d'un gros tissu épais et noir.

Le ciel, lui, est encore plus noir. Et si bas. Il va finir par me tomber sur la tête, celui-là. Il est vraiment temps de rentrer chez moi.

Le chat n'a pas l'air beaucoup plus brave et il miaule à fendre le coeur. L'eau n'est pas son élément préféré. C'est bien connu.

Avant de partir, j'essaie d'ouvrir la porte de la remise pour qu'il puisse s'abriter. Mais elle est verrouillée.

Je ne peux tout de même pas le laisser ainsi sous la pluie...

C'est alors que la porte s'ouvre toute seule?! Comme par enchantement. Et en grinçant sur ses gonds, évidemment.

Le chat entre, s'arrête et se tourne vers moi. Il lève ensuite une de ses pattes à côté de sa tête. On dirait une invitation à le rejoindre.

Il n'est pas question que

j'entre dans une maison étran-
gère. Ça, jamais!

Même s'il n'y a pas un chat...
À part un chat. En tout cas!

La pluie se met alors à tomber comme des clous. Et je ne
peux résister à l'envie de me ré-
fugier à l'intérieur.

Je me dis: «Tout de suite
après l'orage, je sors d'ici.» Au
même moment, la porte se referme sur moi. Bang!

4
Des griffes
dans un gant de velours

C'est sûrement le vent qui a claqué la porte! Mais j'ai beau pousser et tourner la poignée dans tous les sens, je n'arrive plus à l'ouvrir.

Je suis prise au piège!?! Et il fait noir comme chez le loup. Que va-t-il m'arriver?

J'aperçois soudain deux yeux qui brillent dans le noir. Tel un personnage de film d'horreur qui a un pouvoir magique... Et maléfique...

Ce sont les yeux du chat qui brillent de cette façon-là. Brrr!

L'animal ne bouge pas d'un

poil. Je n'ose pas remuer un cheveu, moi non plus. Et je reste face à face avec lui. Épouvantée.

La pluie tape sur le toit de la remise et résonne dans ma tête. Au rythme de ma peur dans ma poitrine.

Pourquoi ne suis-je pas en train de lire cette histoire? Au lieu d'être en train de la vivre. J'aurais juste à refermer le livre pour arrêter d'avoir peur.

Le chat s'approche alors de moi à pas de loup. Ou de tigre. Ou de panthère. En tout cas, je recule.

J'essaie de crier au secours! Aucun son ne sort de ma bouche. De toute façon, qui m'entendrait?

Je me retrouve finalement

tassée dans un coin. L'air apeuré d'une pauvre petite souris prise au piège.

Le chat lève alors la patte vers moi. Griffes sorties ou griffes rentrées? Il fait trop noir pour le savoir. J'essaie de me protéger du mieux que je peux avec mes bras.

C'est griffes rentrées. Je sens sa petite patte de velours sur ma peau. C'est doux, doux. Et si c'était une ruse de sa part?

Je n'ose pas lui rendre sa caresse de peur qu'il sorte ses griffes. Mais il s'étire et se blottit contre moi.

Exactement comme moi quand je me pelotonne dans les bras de papa ou de maman. Je voudrais tellement être avec eux en ce moment.

Je me rappelle soudain que les yeux de tous les chats sont lumineux dans le noir. Et ça n'a rien à voir avec la magie. Quel soulagement!

Je commence à ressentir de l'affection pour cette petite boule de fourrure à mes pieds. Le chat doit s'en rendre compte, car il enroule affectueusement sa queue autour de mes chevilles.

Et je le flatte et le grattouille entre les oreilles. Il faut l'entendre ronronner! Une vraie petite Méli Mélo quand elle est comblée de tendresse.

Mon bonheur est de courte durée. Car l'animal s'élance tout à coup à l'autre bout de la pièce. Il sort ses griffes et gratte à la porte qui mène à l'intérieur de la maison.

J'entends alors la voix de la sorc... je veux dire de la vieille dame du parc. Je ne sais plus trop. En tout cas!

— Ce ne sera pas long, j'ai d'autres chats à fouetter.

Mon sang se glace dans mes veines.

Elle fouette ses chats?! Il n'y a qu'une sorcière assez méchante pour agir ainsi.

Imagine comment elle doit traiter les enfants... Elle les met à cuire dans un grand chaudron pour en faire de la soupe, je suppose?!

Je n'ai jamais voulu croire que les sorcières existaient dans la vraie vie. Mais là, je n'ai plus le choix. Mets-toi à ma place.

La sorcière vient finalement ouvrir. La porte grince sur ses gonds, bien sûr.

J'ai juste le temps de m'écarter du jet de lumière qui pénètre dans la pièce.

— Qu'est-ce qu'il y a, ma chauve-souris, mon araignée, mon crapaud, ma couleuvre,

mon rat chéri, mon petit crocodile adoré?

Ces bibites-là courent et ram-
pent librement autour de moi?!
Il ne manquait plus que ça!

J'ai aussitôt la sensation
qu'une ou plusieurs d'entre elles
me frôlent les jambes... et les
bras... et les cheveux...

Il n'est pas question que je
reste ici une minute de plus. Je
préfère affronter la sorcière. Je
me retiens juste à temps, car je
l'entends dire au chat:

— Tu as encore faim? Vas-y!
C'est prêt. Moi, je vais terminer
mon mélange magique.

Le chat se précipite dans le
coin où se trouve sa pâtée.
C'est alors que j'aperçois, au
milieu de la pièce, un immense
chaudron. Encore plus gros

qu'une baignoire. Et rempli d'un liquide qui bouillonne et fait des blurp! blurp! blurp!

Je n'ai pas le temps de me demander ce qu'on peut mettre dans un chaudron pareil. Car la sorcière ajoute en vérifiant sa recette:

— J'ai tous mes ingrédients... Il me manque juste un enfant.

5
Un bouillon de malheur

Je me fais toute petite derrière la porte entrouverte. Je ne peux pas la refermer sans signaler ma présence.

Je n'ose pas crier. Pour la même raison. Personne ne m'entendrait à part la sorcière.

Je suis perdue... Dans cette maison perdue au fond de la rue... Perdue. J'aurais dû m'en douter avec un nom pareil aussi!

Le chat a vite terminé son repas. Il saute alors d'un bond sur le meuble le plus près pour voir sa sorcière de maîtresse terminer son mélange.

— Tu as bien mangé, ma
chauve-souris, mon araignée,
mon crapaud, ma couleuvre,

mon rat chéri, mon petit crocodile adoré...?

Ce sont les surnoms que la
sorcière donne à son chat?! Et
non des petites bêtes pas très
ragoûtantes qui grouillent un
peu partout autour de moi...

Ouf! Je respire un peu mieux.

Mais ça ne règle pas mon pro-
blème... car je risque à tout moment de me retrouver dans le
bouillon de malheur de cette
vilaine sorcière.

Et de disparaître par enchantement avec un drôle de psch!
et une petite fumée bleue. Comme tous les ingrédients qu'elle
y jette.

D'abord un gant de crin de
cheval pour rendre la peau dou-
ce. Psch! Et puis de la poudre
pour bébé pour sentir bon. Psch!

Du citron pour éclaircir le teint. Psch! Des bigoudis pour onduler les cheveux. Du vinaigre et des oeufs pour les faire briller. Psch!

Des patins et une bicyclette pour tenir le corps en forme. Des sachets de thé pour enlever les cernes sous les yeux. Du lait et du dentifrice pour de belles dents blanches. Psch!

Du miel pour adoucir la voix. Psch! Des fruits, des légumes et du poisson pour la santé. Psch! J'en oublie sûrement... des plus farfelus. En tout cas!

J'entends ensuite la sorcière marmonner:

— Tout y est... à part le dernier ingrédient.

Je frissonne en pensant que ça risque d'être moi.

Elle enjambe alors le chaudron:

— Essayons quand même. Ce n'est peut-être pas absolument nécessaire. On ne sait jamais.

Elle ne va pas plonger là-dedans?! Yeurk! Le coeur me lève juste d'y penser.

La sorcière ne semble pas en avoir très envie, elle non plus, et elle grimace de dégoût.

— Allons-y puisqu'il le faut! Je veux tellement être belle. Et je suis prête à tout pour le devenir.

Ça me fait penser à ma mère. Parfois elle se met une crème couleur caca d'oiseau sur le visage. Ouache!

Puis elle s'assoit dans un bain rempli de sels, d'algues et

de quelque chose de brun qui ressemble à de la boue. Beurk!

Ma mère ferait tout pour être belle, mais elle n'irait jamais jusqu'à sacrifier une petite fille comme moi. En tout cas!

La sorcière ferme alors les yeux et baragouine une formule magique:

— Par les larmes de la sorcière, par le coeur et ses mystères! Soupière, fais-moi belle! Misère de misère!

Elle prend ensuite une grande inspiration, se bouche le nez et plonge dans le liquide, la tête la première. Splish! Splash!

Si la vilaine sorcière pouvait donc disparaître par enchantement, elle aussi, avec un petit psch! et une fumée bleue. Je serais enfin débarrassée.

Pas de danger! La disparition, c'est pour les autres. Surtout pour moi si je suis découverte.

Elle ressort bientôt. Avec l'air penaud d'un grand chat mouillé. Et elle est toujours aussi affreuse. Comme elle le découvre bientôt dans le miroir.

L'air désolé qu'elle fait ratatine son visage de vieille pomme. Et ça la rend plus affreuse encore.

— Ça n'a pas marché. Je suis toujours aussi laide. Laide à faire peur. Quel malheur!

Le chat balance sa queue. L'air de chercher une idée pour lui venir en aide.

La sorcière continue de se lamenter à qui mieux mieux:

— Ça prend absolument un enfant! C'est écrit dans la recette. Mais ils me fuient tous. Et je les comprends, repoussante comme je suis.

Au mot «enfant», le chat arrête de remuer la queue et tourne la tête dans ma direction.

Je le supplie du regard de ne pas dévoiler ma cachette.

Mais il n'a aucune pitié. Et il se dirige vers moi en miaulant le plus fort possible pour attirer l'attention de sa maîtresse.

6
Le coeur dans la gorge

Tu parles d'un hypocrite! Il y a un moment, il faisait ami-ami avec moi. Mais c'était pour mieux me trahir quelques minutes plus tard.

Si je pouvais donc être une sorcière, je me ferais disparaître à l'instant même. Psch! Et il ne resterait de moi qu'une petite fumée bleue.

Mais c'est malheureusement une Méli, en chair et en os, que la sorcière découvre:

— Qu'est-ce que tu fais ici, ma belle?!

Je n'arrive pas à répondre.

J'ai un chat dans la gorge. C'est le cas de le dire.

— Le chat t'a-t-il mangé la langue?

S'il n'y avait que ça! À cause de lui, je vais finir dans le chaudron de cette méchante sorcière. Juste d'y penser, c'est dans mon ventre que ça bouillonne.

— Mais entre, voyons.

Je n'ai pas le choix, elle m'entraîne à sa suite. Je sens ses doigts maigres et froids à travers la manche de mon gros chandail.

Je supplie du regard le chat de venir à mon secours.

Mais il s'assoit dans le cercle de sa queue. Et il reste immobile. Les yeux de glace. J'en ai des frissons dans le dos.

Je réussis finalement à articuler:

— Je vous en supplie, madame la sorcière...

Elle me coupe la parole avec sa voix de vieux disque bon à

jeter à la poubelle:

— Qu'est-ce qui a pu te faire croire que j'étais une sorcière?!

Je n'ai plus rien à perdre, alors j'en profite pour lui dire ma façon de penser:

— Tout à l'heure vous avez dit: «J'ai d'autres chats à fouetter»... Oui ou non?

— Oui...

— Il y a juste une sorcière assez méchante pour traiter des chats ainsi!

Elle éclate de rire sous mon nez:

— Voyons, ma belle, «avoir d'autres chats à fouetter» signifie avoir autre chose à faire.

— Comme me jeter toute crue dans votre grand chaudron?!

— Comment as-tu pu imaginer une chose aussi horrible?!

— Je vous ai entendue dire qu'il vous manquait juste un enfant pour réussir votre recette.

Elle s'avance alors vers moi:

— Mais non, voyons, ce n'est pas ça du tout...

Je m'éloigne d'elle en vitesse.

— Je te fais si peur?!

Je cours me cacher derrière le meuble le plus près. La sorcière va sûrement venir me cueillir par la peau du cou. Ses grands ongles vont pénétrer dans ma chair. Ouche!

Au lieu de ça, j'entends... un grand silence. Tu vas me dire qu'un silence ça ne s'entend pas. Peut-être, mais chose certaine, ce silence-là me rentre par une oreille et ne sort pas par l'autre.

En tout cas!

Après un moment, j'ose sortir la tête pour voir ce qui se passe.

La sorcière me regarde alors avec des yeux... Comment te décrire ses yeux? Ils brillent presque autant que ceux du chat, tout à l'heure, dans le noir.

Chez un chat, c'est naturel. Pas chez un être humain. C'est donc la preuve que cette femme a un pouvoir magique. Maléfique, même. J'avais raison de me méfier.

J'essaie de fuir son regard, mais je n'y arrive pas. C'en est fait de moi!

Je découvre bientôt ce qui rend ses yeux si brillants. Ce n'est pas un pouvoir magique, ce sont des larmes... Et il en coule maintenant deux grosses sur ses joues.

— Pourquoi suis-je si laide? Aussi laide que la plus laide des sorcières?

J'avoue que je la comprends un peu. Moi-même je ne me trouve pas toujours à mon goût. Mais à côté d'elle, je suis une beauté. Imagine ce qu'elle doit ressentir.

Elle éclate en sanglots:

— J'en ai assez de faire peur aux enfants! Je ne veux plus être obligée de me cacher et de vivre dans la noirceur. Tout ça parce que je suis laide. Plutôt mourir...

Son chat se colle à elle et lui donne des petits coups de langue affectueux. Mais elle est inconsolable.

— Toi seul, mon chat, n'as pas peur de moi. Tu le sais bien que je ne ferais pas de mal à une mouche.

C'est la première fois que je vois quelqu'un avoir un aussi gros chagrin. N'écoutant que mon coeur, je sors de ma cachette et je m'approche d'elle.

Je ne croyais pas qu'autant de larmes pouvaient sortir d'une seule et même personne. Si ça continue, elle va se noyer dedans.

Je fouille dans ma poche et je trouve un mouchoir de papier. Heureusement, il n'a pas servi. Je commence à essuyer son visage. Elle s'arrête alors de pleurer et elle me dit avec beaucoup de reconnaissance:

— Personne n'a jamais été

aussi gentil avec moi...

Je n'aurais jamais pensé qu'un simple mouchoir de papier pouvait faire tant plaisir à quelqu'un. En tout cas!

J'approche ma main pour dégager les cheveux qui lui pendouillent dans le visage. J'en profite pour redresser son vieux chapeau cabossé.

Je ne peux pas m'empêcher de caresser sa joue encore toute mouillée.

Elle bafouille alors, un peu gênée:

— Personne ne m'a jamais touchée ainsi...

Et elle me regarde, me regarde. Comment te décrire ce que je découvre dans ses yeux?

J'ai le sentiment de voir audedans d'elle. Jusque dans son

coeur. Et c'est tellement beau
que j'oublie qu'elle est si laide.

Alors, je lui fais le plus mer-
veilleux des sourires. Tu sais, le
genre de sourire qui vient du
fond du coeur.

J'entends aussitôt un grand
psch! Tellement violent que ça
me fait revoler par terre. Et je
vois une grosse fumée bleue sortir du corps de la dame. Maman!

7
Quelle histoire!

Quand je me relève, tu ne peux pas imaginer ce que je vois. La sorc... je veux dire la dame... transformée en une magnifique vieille femme.

Disparus le menton fourchu, le nez bossu et les oreilles en portes de grange. Il ne reste plus que le drôle de chapeau pointu sur des cheveux blancs et doux comme de la soie.

Elle n'en croit pas ses yeux quand elle s'aperçoit dans le miroir. Et surtout, elle peut enfin sourire de toutes ses dents.

Le chat court d'elle à moi,

fou de joie. Et la dame ne cesse
de répéter:

— Le sourire d'un enfant!
Ça prenait le sourire d'un enfant.

C'était donc ça. Avoir su!

Elle avait seulement besoin
du sourire d'un enfant. Et moi
j'ai cru qu'elle pouvait être assez méchante pour jeter un enfant dans la soupe. Tout ça, juste
parce qu'elle était laide... Fran-

chement!

Elle fait le tour de la maison et ouvre grand les rideaux. Comme le beau temps est revenu, le chat veut ressortir. Moi aussi. Je suis bien ici. Mais c'est beaucoup d'émotions pour une petite fille comme moi.

Je comprends alors que la porte ne s'est pas ouverte et fermée par enchantement, tout à l'heure.

La dame a juste à tirer sur une corde fixée à la serrure pour que la porte s'ouvre. Et à la lâcher pour qu'elle se referme sous son poids.

Au moment de partir, la dame prend mes mains dans les siennes devenues douces et chaudes. Les ongles griffus ont bien sûr disparu avec le reste.

— Merci, ma belle, pour ton sourire. Il m'a sauvé la vie.

Et je sors derrière le chat.

La première chose que je sais, je suis au parc. Assise au pied de l'arbre où j'étais plus tôt cet après-midi.

Ouf! Quelle histoire!

Le chat noir est collé à moi et ronronne à qui mieux mieux.

Je n'ai malheureusement pas le temps de m'attarder, car il est bientôt l'heure de rentrer.

Je me lève et je ramasse *Une sorcière dans la soupe*. Je le lirai un autre jour. Je veux alors dire au revoir au chat. Mais à ma grande surprise, il a disparu comme par enchantement.

Je sais ce que tu penses... Que cette aventure ne m'est pas vraiment arrivée... Que j'étais tellement prise par l'histoire de mon livre que je me suis mise dans la peau de l'héroïne...

C'est exactement ce que je me dis. Pour m'en assurer, je me dirige à toute vitesse vers la rue Perdue. J'ai beau chercher, chercher, je ne réussis pas à la retrouver.

Je commence à avoir de sé-
rieux doutes sur ce que j'ai vécu.

J'enlève alors mon chandail,
car je crève de chaleur avec ce
beau temps qui est revenu.

Et, crois-le ou non, il est
plein de poils de chat. Noirs.

Table des matières

Achevé d'imprimer
sur les presses de Litho Acme Inc.